撰　稿

张　迪　沈蓓蕾　孙　杰
唐旭东　曹　阳　赵　新
魏诗棋　郑士明　高　雪
柴冰冰　陈禹行　滕　雪
张　静　刘晓漫　王靖雯
康　健

插图绘制

雨孩子　肖猷洪　郑作鹏
王茜茜　郭　黎　任　嘉
陈　威　程　石　刘　瑶

装帧设计

陆思茁　陈　娇
高晓雨　张　楠

了不起的中国

传统文化卷

灿烂文学

派糖童书 编绘

化学工业出版社

·北京·

图书在版编目(CIP)数据

灿烂文学/派糖童书编绘.—北京：化学工业出版社，2023.10

（了不起的中国.传统文化卷）

ISBN 978-7-122-43817-1

Ⅰ.①灿… Ⅱ.①派… Ⅲ.①中国文学-古典文学-文学欣赏-儿童读物 Ⅳ.①I206.2-49

中国国家版本馆CIP数据核字（2023）第131985号

责任编辑：刘晓婷　　责任校对：王　静

出版发行：化学工业出版社（北京市东城区青年湖南街13号　邮政编码 100011）
印　　装：北京尚唐印刷包装有限公司
787mm×1092mm　1/16　印张5　2024年1月北京第1版第1次印刷

购书咨询：010-64518888　售后服务：010-64518899
网　　址：http://www.cip.com.cn
凡购买本书，如有缺损质量问题，本社销售中心负责调换。

定　　价：35.00元

前　言

几千年前，世界诞生了四大文明古国，它们分别是古埃及、古印度、古巴比伦和中国。如今，其他三大文明都在历史长河中消亡，只有中华文明延续了下来。

究竟是怎样的国家，文化基因能延续五千年而没有中断？这五千年的悠久历史又给我们留下了什么？中华文化又是凭借什么走向世界的？“了不起的中国”系列图书会给你答案。

“了不起的中国”系列集结二十本分册，分为两辑出版：第一辑为“传统文化卷”，包括神话传说、姓名由来、中国汉字、礼仪之邦、诸子百家、灿烂文学、妙趣成语、二十四节气、传统节日、书画艺术、传统服饰、中华美食，共计十二本；第二辑为“古代科技卷”，包括丝绸之路、四大发明、中医中药、农耕水利、天文地理、古典建筑、算术几何、美器美物，共计八本。

这二十本分册体系完整——

从遥远的上古神话开始，讲述天地初创的神奇、英雄不屈的精神，在小读者心中建立起文明最初的底稿；当名姓标记血统、文字记录历史、礼仪规范行为之后，底稿上清晰的线条逐渐显露，那是一幅肌理细腻、规模宏大的巨作；诸子百家百花盛放，文学敷以亮色，成语点缀趣味，二十四节气联结自然的深邃，传统节日成为中国人年复一年的习惯，中华文明的巨幅画卷呈现梦幻般的色彩；

书画艺术的一笔一画调养身心，传统服饰的一丝一缕修正气质，中华美食的一饮一馔（zhuàn）滋养肉体……

在人文智慧绘就的画卷上，科学智慧绽放奇花。要知道，我国的科学技术水平在漫长的历史时期里一直走在世界前列，这是每个中国孩子可堪引以为傲的事实。陆上丝绸之路和海上丝绸之路，如源源不断的活水为亚、欧、非三大洲注入了活力，那是推动整个人类进步的路途；四大发明带来的文化普及、技术进步和地域开发的影响广泛性直至全球；中医中药、农耕水利的成就是现代人仍能承享的福祉；天文地理、算术几何领域的研究成果发展到如今已成为学术共识；古典建筑和器物之美是凝固的匠心和传世精华……

中华文明上下五千年，这套“了不起的中国”如此这般把五千年文明的来龙去脉轻声细语讲述清楚，让孩子明白：自豪有根，才不会自大；骄傲有源，才不会傲慢。当孩子向其他国家的人们介绍自己祖国的文化时——孩子们的时代更当是万国融会交流的时代——可见那样自信，那样踏实，那样句句确凿，让中国之美可以如诗般传诵到世界各地。

现在让我们翻开书，一起跨越时光，体会中国的“了不起”。

目 录

导 言

你好，文学！在这里，我们来聊聊你古典的那部分。中华民族的历史上下五千年，在漫长的发展进程中，先人们用无与伦比的智慧在不同的领域创造了一个又一个辉煌，你便是其中之一。浓墨重彩，飘逸飞扬，变化无穷，又境界博大，字字珠玑（jī），耐人寻味。

古典文学，你为何如此有魅力？

在我国，古典文学按照年代可以分为先秦文学、秦汉文学、魏晋南北朝文学、隋唐五代文学、宋元文学、明清文学等；按照体裁则可以分为诗经、楚辞、先秦诸子散文、汉赋、汉乐府、唐宋散文、唐诗、宋词、元曲、明清小说等。

在这本书里，因为篇幅有限，我只能浅浅地介绍一下你。就像你戴上了薄薄的面纱，让小朋友们知道你就在那里，美好深刻，却又难以看清全貌，让小朋友们在未来成长的日子里，主动寻找你、欣赏你，让你成为陪伴小朋友们一生的瑰宝，滋养小朋友们的精神气质。

《诗经》和《楚辞》

《诗经》

《诗经》是古代学习的必修科目，孔子说：“不学诗，无以言。”不学《诗经》，连话都没法儿说了。《诗经》是中国古代诗歌的开端，是我国第一部诗歌总集，收录了诗歌305篇。内容包括劳动、爱情、战争、民俗、婚姻、动物、植物等多个方面。例如，表现劳动的《芣苢》：“采采芣苢，薄言采之。”表现爱情婚姻的《桃夭》：“之子于归，宜其

诗来源于生活

室家。”表现战争的《击鼓》：“击鼓其镗，踊跃用兵。”内容多样，且不同主题的诗歌中经常出现对植物、动物的描写，体现出古代老百姓日常的生活。《诗经》的很多内容都是老百姓自己创作的，可见，美好的文学就来源于生活。

孔子对《诗经》的评价一直很高，他说《诗经》“思无邪”，大概的意思就是：《诗经》的思想很纯正，坦坦荡荡，单纯美好。

迄今为止，《诗经》对我们的精神世界依然有着潜移默化的影响。它就像一面镜子，映照出我们关乎吃穿、住行、礼乐、理想、情感等方面的美学态度。历经千百年的沉淀，《诗经》仍能给我们启发。

楚辞

楚辞是屈原创作的一种诗歌体裁，也是以屈原的作品为代表的一本诗歌总集的名字。我们所熟知的《离骚》《九歌》《天问》《九章》《九辩》等作品都收录在《楚辞》之中，由西汉刘向整理编辑而成。

郑振铎给予《楚辞》极高的评价："像水银泻地，像丽日当空，像春天之于花卉，像火炬之于黑暗的无星之夜，永远在启发着、激动着无数的后代的作家们。"

《楚辞》的文学贡献

《楚辞》是公认的与《诗经》并峙的一座诗的丰碑，它创造了新的诗体，对诗歌的发展有极其重要的作用。

楚辞非常浪漫，对后来几千年的文学创作都有很深的影响，开创了中国浪漫主义文学的先河。作为中国文学史上第一部浪漫主义诗歌总集，《楚辞》在一定程度上影响着不同体裁的文学，其中对骚体文学的影响是比较明显的。骚体文学包括楚歌和楚赋。除此之外，赋体、诗歌、散文、戏剧、小说等文学体裁的作品也都能体现出《楚辞》对其的影响。

举世皆浊我独清

屈原首先是个政治活动家，然后才是一个诗人。他一心报国，却一再遭受排挤和打击，遭到流放。屈原心中愤懑（mèn）不已，将毕生抱负写进诗中，他说：“举世皆浊我独清，众人皆醉我独醒。”公元前 278 年，秦国攻占了楚国的都城郢（yǐng），屈原不愿看到祖国沦亡，吟咏着最后的诗篇《怀沙》，投进了汨（mì）罗江中。后人为了纪念屈原，还为其修建了寺庙，在端午节也有了吃粽子、赛龙舟等习俗。

路漫漫其修远兮

屈原创作《离骚》时已经被楚怀王疏远。在他追求政治抱负的过程中，封建保守势力的排挤和打压使他仕途之路备受苦楚。“路漫漫其修远兮，吾将上下而求索”是屈原两种情绪的聚集。这句千古传诵的名句，激励着一代又一代仁人志士坚持本心。

诸子百家

周朝末年，周天子的话越来越不管用了，各个诸侯国都强大起来，他们之间总是打仗，这个时期在历史上被称为“春秋战国”时期。这一时期涌现出许多有学问、有见识的人，他们各持观点，并希望用自己的观点治理这个乱世。因为观点非常多，所以叫“百家争鸣”。其中对后世影响深远的有儒家、墨家、道家、法家等。

儒家

孔子

孔子是儒家学派的代表人物，被尊为“圣人”，他所提倡的儒家学说是我国两千多年传统文化的正统，影响了中国及亚洲很多国家。我们所熟知的“温故知新”“见贤思齐”“有教无类”等成语都与孔子有关。

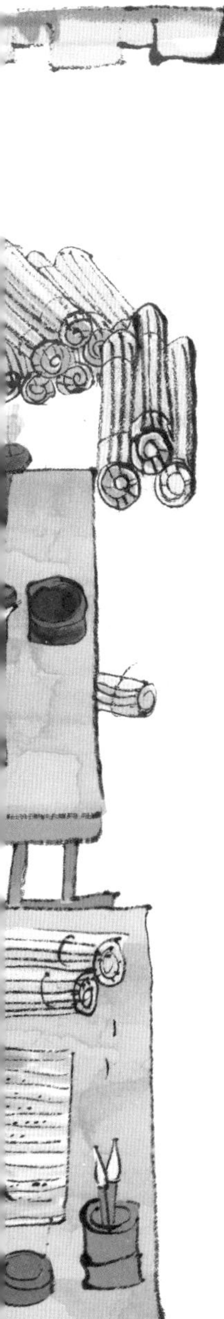

《春秋》

《春秋》是本史书，可不是讲季节的。鲁国史官将一年中的大事按春、夏、秋、冬四季记录下来，这部史书就是《春秋》，这本书是我国古代第一部编年体史书，记载了鲁国十二位国君的历史，孔子根据这些史料修订编辑，著成了儒家经典《春秋》。后代对《春秋》的注释有《春秋左氏传》《春秋公羊传》和《春秋穀梁传》，它们合称为“春秋三传”，“传”就是指解释经文的著作。

春秋笔法

史官的职业要求是客观记录历史事实，不做主观评判。但在《春秋》中，虽然史官没有明确评价孰（shú）是孰非，但却通过一些词汇和史料的选择，暗含褒贬（bāobiǎn），读来大有深意。行文中虽然不直接阐述对人物和事件的看法，但是却通过细节描写、修辞手法和材料的筛选，委婉而微妙地表达了作者的主观看法，这种写作手法被后世称为“春秋笔法”。

《论语》

《论语》是孔子和他的弟子们的语录，是他的弟子和弟子的弟子记录下来的。了解儒家思想首先要读《论语》。作为一本语录，《论语》里面很少有场景描写或故事叙述，只是谁说了什么，谁问了什么。所以，《论语》的价值主要体现在思想上。书中记载了很多富有哲理性的句子，例如：“己所不欲，勿施于人。”“文质彬彬，然后君子。”“三人行，必有我师焉。”《论语》的核心思想是“仁”，也在教我们如何成为一个品格高尚的“君子”。

孟子

孟子被尊为“亚圣”，是孔子之后儒家著名的思想家，著有《孟子》，这本书记载了孟子及其弟子的政治、教育、伦理等思想观点和政治活动。孟子非常善于借用故事讲道理，《孟子》一书中，记录了他与诸侯王论政的大量内容。孟子的重要思想是“仁政”，例如在《孟子·尽心下》中，孟子明确提出了“民为贵，社稷次之，君为轻”这个观点，他提倡“以民为本”的政治观，反对压迫百姓的君主。

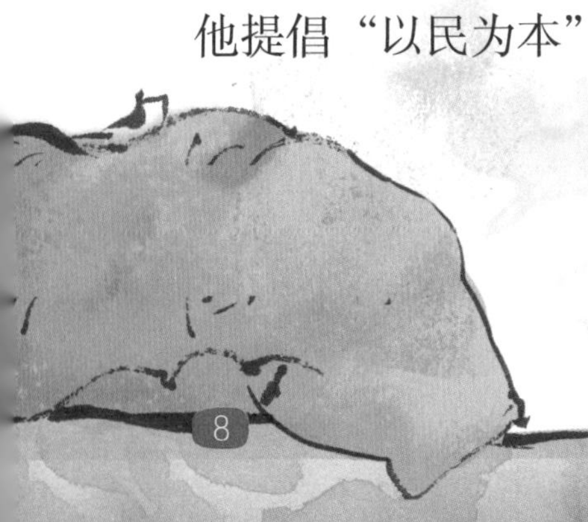

 墨家

墨子

墨子叫墨翟（dí），是墨家学派的创始人，著有《墨子》一书。墨家的主要核心思想通常有十大主张：兼爱、非攻、非命、尚贤、尚同、非乐、天志、明鬼、节用、节葬。其中，墨子最著名的观点是“兼爱”“非攻”，意思是不分亲疏远近，“爱无差等”，反对掠夺战争，体现出当时人们渴望和平的愿望。

墨子名句：“志不强者智不达，言不信者行不果。”这句话来自《墨子·修身》，意思是意志不坚定的人,他的智慧得不到充分发挥;言而无信的人，做事也很难成功。

墨家在当时影响很大，《孟子·滕文公》篇云：“杨朱、墨翟之言盈天下，天下之言，不归于杨，即归墨。”可知战国之世，墨家属显学。

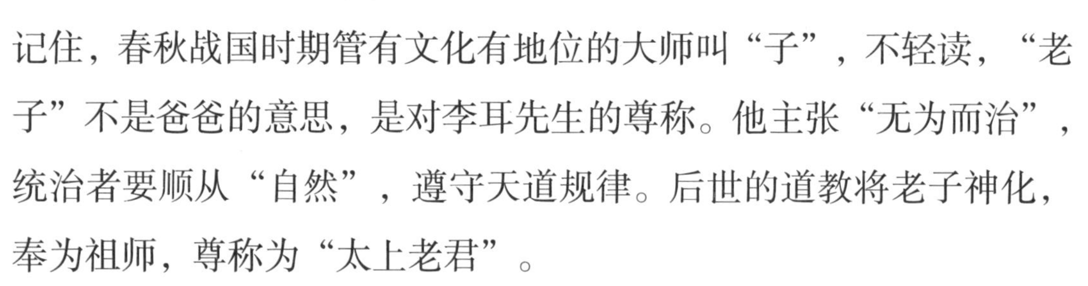

道家

老子

老子名叫李耳，是道家学派的创始人。我们要记住，春秋战国时期管有文化有地位的大师叫“子”，不轻读，“老子”不是爸爸的意思，是对李耳先生的尊称。他主张“无为而治”，统治者要顺从“自然”，遵守天道规律。后世的道教将老子神化，奉为祖师，尊称为“太上老君”。

紫气东来

周朝时，老子西出函谷关，决心离开乱世，守关的官员看见东方腾起紫气，知道是圣人经过，前去迎接。果然见到老子骑着青牛徐徐而至，要出关去。就在函谷关这里，老子留下了一部约五千字的著作，就是道家经典《道德经》（《老子》）。这个小故事带有传奇色彩，《道德经》这本书究竟是不是老子所作至今还有争论，但书中的思想基本上也反映了老子的观点。老子认为“道”是万物的起源，“道生一，一生二，二生三，三生万物”，我们要顺应客观的自然规律，不可以强行改变它。

庄子

庄子名叫庄周，道家学派的代表人物，与老子合称“老庄”，代表作品为《庄子》。《庄子》在《逍遥游》《秋水》《在宥（yòu）》《天地》等篇中，还阐述了“无己”“无功”和“无名”的概念。“无己”是把自己看成是虚幻的。在头脑中忘掉一切外物，连自己的形骸(hái)都忘掉。“无功”“无名”就是反对人们追求功名利禄。庄子一生穷困潦倒，却鄙（bǐ）弃荣华富贵，追求逍遥的精神自由。

庄周梦蝶

邯郸学步

战国时期，有一个燕国人不辞辛苦地来到赵国的国都邯郸（Hándān），准备学邯郸人走路。可这个人不仅没有学会邯郸人走路，反而把自己原来的走路方法也给忘了，最后只好一步一步爬回了燕国。“邯郸学步”这则寓言故事就是出自道家经典著作《庄子》一书。

道家的历史影响

道家文化以先秦时代的哲学家老子为其创始人，在中国传统文化中占有重要地位。中华民族传统美德的部分思想受道家影响比较明显，如老子的宽容谦逊的思想，恬淡素朴、助人为乐、以柔克刚、以弱胜强的思想等。

法家

韩非

韩非是法家的代表人物，写下了很多讲究法、术、势的法学篇章，韩非去世后，后人搜集他的文章并结集为《韩非子》，这本书深深地影响着后世。在《韩非子》一书中，既可以读到很多韩非的法治主张，例如他提出以“法”为中心，强调加强中央集权；又可以读到很多有意思的故事，著名的《买椟（dú）还珠》《郑人买履（lǚ）》等故事，均出自《韩非子》。

齐桓公好服紫

《韩非子》中有这样一个故事：齐桓公特别爱穿紫色衣服，臣民和百姓也都纷纷效仿，一时间紫色布料价格暴涨，齐桓公很忧心。大臣管仲劝齐桓公，只要他本身表示不喜欢紫色衣服，国人也就不会再喜欢紫色衣服了。果然，按此计行事后，三天内，全齐国便没人再穿紫色衣服了。

这个故事形象地说明了“上有所好，下必甚焉”的道理，不管是君王还是领导者，都应该控制自己的欲望和言行。

杂家

《吕氏春秋》

《吕氏春秋》又称《吕览》，由吕不韦及门客共同编纂（zuǎn）而成，内容包罗万象，是中国汉代以前政治、军事、哲学、谋略思想的集大成者。

《吕氏春秋》中涵盖了各派思想，以儒家和道家思想为主，除此之外还有墨家、法家、名家等，为当时秦国治理国家提供了理论武器。

《淮南子》

《淮南子》也称《淮南鸿烈》或《刘安子》，由西汉宗室淮南王刘安主持编写。《淮南子》记述的寓言故事和神话传说也比较多，其中《大禹治水》《塞翁失马》等故事较为有名。

《淮南子》不仅是一部有关政治治国构想的鸿篇巨制，同时也有着较强的文学艺术性，不仅在汉代产生影响，就是对后代文学的影响也是不可低估的。

汉 赋

汉赋是汉代非常流行的一种文体，是一种有韵的散文。汉赋主要分为大赋和小赋：大赋气势磅礴，语言华丽；小赋篇幅较短，文采清丽。汉赋的名家有贾谊、司马相如、扬雄、班固、枚乘、张衡等。汉赋中常常讲点鬼神故事，汉代的统治者对这类题材也是非常喜爱和提倡的。相传贾谊遭谪（zhé）贬后，汉文帝又征召他入京，在未央宫的宣室殿向他询问鬼神之事，贾谊进行了详细的讲解。他们一直谈到深夜，汉文帝也不自觉地移动到了座席的前端。唐代李商隐有诗道："宣室求贤访逐臣，贾生才调更无伦。可怜夜半虚前席，不问苍生问鬼神。"

贾谊

西汉初年著名政论家、文学家，世称贾生、贾长沙。散文有《过秦论》《论积贮（zhù）疏》等，辞赋以《吊屈原赋》《鹏（fú）鸟赋》最为著名。

司马相如

司马相如是西汉辞赋家，后人称之为“赋圣”，作品有《子虚赋》《上林赋》《长门赋》等，另有古诗《凤求凰》。鲁迅评价说：“武帝时文人，赋莫若司马相如，文莫若司马迁。”

投阁

扬雄是汉赋名家之一。王莽篡（cuàn）取了汉朝江山后，自己当了皇帝，开始抓那些反对他的人，牵连到扬雄。扬雄正在天禄阁工作，办案的人来抓他。扬雄一急，从阁楼上跳了下去，差点摔死。京城里便传开了一句话：“惟寂寞，自投阁。”从此有了“投阁”一词，形容文人遭受无妄之灾。

现在以“扬雄阁”等代指闭门修书之地；以“扬雄投阁”这一典故形容学者才人遭灾受难，命运坎坷。

文人相轻

班固与傅毅都是东汉有名的文史学家，两人学识相当，又是同事，经常得到皇帝的称赞。有一次傅毅作《显宗颂》十篇，显于朝廷，班固心中颇有不平，在给弟弟班超的信中讥讽傅毅“以能属文为兰台令史，下笔不能自休”，引出了“文人相轻，自古而然”的千古话题。

枚乘

枚乘是西汉时期著名的辞赋家，和司马相如并称“枚马”，与贾谊并称“枚贾”。枚乘所著的《七发》以“楚太子有疾，吴客往问之”开头，以“太子霍然病已”为最后。以一问一答的形式展开，开始就说明了人有嗜欲之病，不是药石针刺能根治的，应以要言妙道去说服对方。《七发》在辞赋发展的历史上具有重要地位，既奠定了典型汉大赋的基础，又是“七体”的开篇之作。

张衡

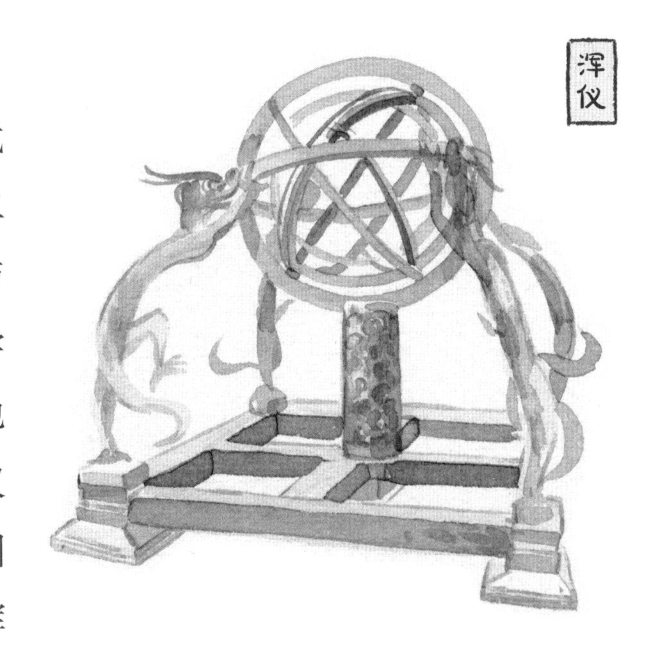

张衡是东汉文学家，代表作品为《二京赋》，“二京”就是汉朝的西京长安与东京洛阳。张衡还是数学家、发明家、天文学家、地理学家。在前人发明的浑仪基础上，张衡加上了地平圈和子午圈，形成了完整的浑仪。今天的人们为了纪念张衡在科学上的贡献，将月球上的一座环形山命名为“张衡环形山”，将太阳系中的一颗小行星命名为“张衡星”。

地动仪

地动仪是张衡创造的人类历史上第一台能测量感知地震的仪器。地动仪有东、南、西、北、东南、西南、东北、西北八个方位，每个方位上均有含龙珠的龙头，在每个龙头的下方都有一只蟾蜍（chánchú）与其对应。若任何一方有地震发生，该方向龙口所含龙珠就会落入蟾蜍口中，由此便可以测出发生地震的方向。地动仪的发明比欧洲早了 1700 多年，是中华民族古代科技文明的结晶。

北斗星移

张衡小时候最喜欢的就是听奶奶讲北斗七星和月亮的传说了，他总是一边抬头望着天空中眨眼的星星，一边听奶奶讲，还不时地问奶奶：“星星怎么不会像苹果一样掉下来呢？星星会害怕下雨吗？”对于孙子的问题，奶奶当然也回答不上来，这让他越发觉得浩瀚的星空里蕴（yùn）藏着无数的宝藏。从奶奶那里得不到答案，小张衡就开始急切地读书，他希望能从书中找到自己想要的答案。

在他十岁那年，祖母和父亲相继去世了，舅舅送张衡到书馆里读书，他深知读书对他来说是多么的不容易，因此非常刻苦。为了增长知识，小张衡博览群书。一天，他看到一本叫《鹖（hé）冠子》的书，被书中按北斗星定季节的知识深深吸引住了。

从此，他常常仰望着星空，观察北斗星的变化，日积月累，发现北斗星在围绕着一个中心转，一年转一圈。他自言自语地说：“啊，我终于明白‘北斗星移’是怎么一回事啦！”

由于张衡勤学好问，知识越来越丰富，最终成了著名的天文学家。

二十四史

“二十四史”是对中国古代各个朝代编撰（zhuàn）的二十四部史书的总称。具体指《史记》《汉书》《后汉书》《三国志》《晋书》《宋书》《南齐书》《梁书》《陈书》《魏书》《北齐书》《周书》《隋书》《南史》《北史》《旧唐书》《新唐书》《旧五代史》《新五代史》《宋史》《辽史》《金史》《元史》《明史》。二十四史不仅是中国历史上最重要的史书，好多也是优秀的文学作品。

正史

二十四史是各朝各代官方认可或组织编撰的史书，所以叫正史。和正史相对的还有野史，野史是私家编撰的史书。

《史记》

《史记》原名《太史公书》，是中国第一部纪传体通史，二十四史之首，作者司马迁。《史记》既是史学名著，又是文学名著，全书共一百三十篇，分为十表、八书、十二本纪、三十世家和七十列传。书中记载了从黄帝到汉武帝三千年左右的历史，在文学史上有着极重要的地位，被鲁迅誉为“史家之绝唱，无韵之《离骚》”。

司马迁著《史记》

司马迁是汉武帝时的史官。当时，飞将军李广的孙子李陵与匈奴作战，寡不敌众，被迫投降。汉武帝非常生气，司马迁为李陵讲情，结果自己也被抓进了监狱。第二年，有谣言传来，说李陵在为匈奴练兵。司马迁受到牵连，被施以耻辱的“腐刑”。司马迁曾想过自杀，但又一想，自己壮志未酬(chóu)，就这样死了，只能惹人耻笑。于是，他忍受着痛苦，历经十四年，终于写成了伟大的《史记》一书。

《汉书》与《后汉书》

《汉书》是由东汉班固编撰的，中国第一部纪传体断代史，记录了整个西汉时期的历史。《后汉书》是一部记载东汉历史的史书，书中分十纪、八十列传和八志（司马彪续作），记载了从光武帝刘秀起至汉献帝的195年历史。作者是南朝宋时期的历史学家范晔（yè）。

《三国志》

《三国志》记叙了自汉末至晋初近百年间的历史，分《魏书》《蜀书》《吴书》三部分，作者陈寿原本是蜀汉的大臣，蜀汉灭亡后入晋为臣。

《三国志》分别介绍了魏、蜀、吴三个国家从最初如何开始打天下，到如何创建，再到最后又是如何结束的整个过程。《三国志》记载的历史人物大多是真实存在的，历史事件也都是真实发生的，历史参考性比较高，是值得阅读的一本历史书籍。

《明史》

二十四史的最后一部是《明史》，虽然叫《明史》，但并不是明朝人写的，而是清朝人编纂的，由清代张廷玉等人撰，共三百三十二卷，是一部纪传体断代史书。全书分为十三表、二十四本纪、七十五志、二百二十列传，历经三次订正，具有较高的史料价值。后朝修前朝史，是中国的传统。

二十四史的意义

以二十四史为代表的纪传体史书，在中华文明史上占有极其重要的地位，这是中华民族引以为荣，并值得进一步发扬光大的宝贵历史文化遗产。

二十四史以本纪、列传、表、志等形式，纵横交错，脉络贯通，记载了各个朝代的历史概貌；同时又以中国历代王朝的兴亡更替为框架，反映了中国错综复杂的历史进程，使中国和中华民族成为世界上拥有近四千年连贯、完整历史记载的国家和民族。

乐府诗

汉朝时，官府专门设立了配置乐曲、训练乐工和采集民歌的部门。汉乐府就是指汉时乐府部门所采制的诗歌。这些诗歌原本在民间流传，由乐府保留下来，又做了一些润色，在魏晋时开始称“乐府”或“汉乐府”。后来有很多文人模仿这种形式写的诗也被称为“乐府诗”。乐府诗没有固定的章法、句法,形式自由多样,《孔雀东南飞》和《木兰诗》是乐府诗的代表作，被称为“乐府双璧”。

《木兰诗》

《孔雀东南飞》

庐江郡的一个小官吏焦仲卿，娶妻刘兰芝。在焦仲卿母亲的逼迫下，夫妇被迫分离。焦母逼迫焦仲卿再娶，刘兰芝的哥哥逼迫她再嫁。刘兰芝投水而死，焦仲卿自缢（yì）身亡。《孔雀东南飞》是中国文学史上第一部长篇叙事诗，它控诉了礼教的残酷，歌颂了焦仲卿和刘兰芝的真挚感情和反抗精神。

《木兰诗》

《木兰诗》也称《木兰辞》，是我国南北朝时期北方的一首长篇叙事民歌、乐府诗。描写木兰女扮男装，代父从军，在沙场上奋勇抗敌，胜利后不愿做官，回家团圆的故事。木兰的勇敢善良、英勇无畏令人赞叹。

《秦妇吟》

《秦妇吟》也是一首长篇叙事诗，有人将它与《孔雀东南飞》《木兰诗》放在一起，并称为“乐府三绝”。这首诗通过一个少妇的自述，描写的是她亲眼看见了黄巢军入城，然后逃往洛阳途中的所见所感，战火纷飞，烧杀抢掠，老百姓苦不堪言。《秦妇吟》将一幅幅真实的历史画面展现在我们眼前，为中国古代叙事诗树立了一座丰碑。

《古诗十九首》

南朝梁的昭明太子萧统，组织人编撰了一部文选，史称《昭明文选》。其中收录了十九首作者不明的五言乐府诗，称为《古诗十九首》。这些诗语言朴素自然、生动真切，《文心雕龙》的作者、文学批评家刘勰（xié）称它们是“五言之冠冕（miǎn）”。

《古诗十九首》是我国最早成熟的文人五言诗，其数量虽然不多，却在诗歌史上占据重要位置。钟嵘（róng）称其“惊心动魄，一字千金”，对后代文人作五言诗产生很大影响。

建安风骨

建安诗歌是一种特殊的文学现象。魏晋时期，社会动荡，人们颠沛（pèi）流离，很多著名的文人死在残酷的权力斗争中，在这样的背景下，他们的作品充满了哲学色彩，有对政治的批判，有对人性的悲叹，还有对现实的抗争。这一时期的名家有“三曹”“建安七子”、蔡琰（yǎn）等。他们的诗作风骨遒劲（qiújìng），慷慨悲凉。“建安风骨”就是指汉魏时期曹氏父子和建安七子等人的诗文刚健的风格，后代多有文学家对建安时期的文风加以赞扬。

三曹

汉末三国时的曹操、曹丕（pī）、曹植父子三人合称“三曹”。大名鼎鼎的曹操是东汉末年杰出的政治家、军事家，还是出色的文学家、书法家。曹操的诗气魄雄伟，多为抒发政治抱负、反映人民苦难的作品，代表作有《观沧海》《龟虽寿》等。曹丕是曹魏开国皇帝，喜爱文学，诗赋、文章皆有成就，代表作有《燕歌行》，被看作文人七言诗的优秀之作。曹植的诗辞彩华茂，在诗歌史上具有“一代诗宗”的地位，代表作有《洛神赋》。

观沧海

【东汉】曹操

东临碣（jié）石，以观沧海。

水何澹（dàn）澹，山岛竦峙（sǒngzhì）。

树木丛生，百草丰茂。

秋风萧瑟，洪波涌起。

日月之行，若出其中；

星汉灿烂，若出其里。

幸甚至哉，歌以咏志。

七步诗

相传，曹丕做了皇帝后，还想除掉亲弟弟曹植，他令曹植在走七步路的时间内作出一首诗，作不出来就杀头。曹植在极度悲愤中应声咏出：“煮豆燃豆萁，豆在釜中泣。本是同根生，相煎何太急？”“萁”是豆秸，用燃烧的豆萁来煮豆，意在说：“你我本是兄弟，何必这样苦苦相逼呢？”

建安七子

建安七子也称“邺中七子”，指建安年间的七位文学家——孔融、陈琳、王粲（càn）、徐干、阮瑀（Ruǎn Yǔ）、应玚（yáng）、刘桢（zhēn）。他们的作品多为诗、赋、散文。他们的诗文颇有风骨，且以五言诗为主，曹丕就曾在《典论·论文》中赞扬过他们。

陈琳笔力

官渡之战时，建安七子之一的陈琳为袁绍写了一篇檄（xí）文，声讨曹操。陈琳擅长写章表书檄，而且笔力强劲，文辞工整多骈偶。当时正赶上曹操头痛病发作，在读了这篇檄文后，曹操惊出一身冷汗，没想到头痛居然痊愈了。

蔡琰

蔡琰，字文姬，是东汉大文学家蔡邕（yōng）的女儿，擅长文学、音乐、书法、诗赋。流传至今的作品有《悲愤诗》二首和《胡笳（jiā）十八拍》。

东汉末年，天下大乱，蔡琰被匈奴左贤王掳（lǔ）走，嫁与匈奴人，并生了两个儿子。曹操和蔡邕是故交，曹操统一北方后，将蔡琰赎回。这也是中国文坛史上的一段佳话。

竹林七贤

竹林七贤指的是三国魏正始年间，嵇（jī）康、阮籍、山涛、向秀、刘伶、王戎及阮咸七人，先有“七贤”之称。因常在竹林之下喝酒、纵歌，肆意酣畅，后称为“竹林七贤”。

嵇康

嵇康幼年聪颖，博览群书，广习诸艺，与阮籍等竹林名士共倡玄学新风，主张“越名教而任自然”“审贵贱而通物情”，是“竹林七贤”的精神领袖。他的代表作品有《与山巨源绝交书》《赠兄秀才从军》《幽愤诗》等，擅长四言诗，风格清峻，有《嵇中散集》。

广陵散惜于今绝

古琴曲《广陵散》描述的是春秋战国时期的勇士聂政刺杀韩王的故事。在魏晋南北朝时期名噪一时，并因“竹林七贤”嵇康的死而成千古绝响。

嵇康 39 岁那年，遭小人陷害，以“上不臣天子，下不事王侯，轻时傲世，无益于今，有败于俗”的罪名，被处以死刑。临刑前，三千太学生集体跪下求教《广陵散》，嵇康手拨五弦，目送归鸿，铮铮琴声，令听者冰炭交加，升天坠地。弹毕叹曰：“广陵散于今绝矣！”

阮籍

阮籍是建安以来第一个全力创作五言诗的人，其《咏怀诗》把82首五言诗连在一起，编成了一部庞大的组诗，并塑造了一个悲愤诗人的艺术形象，表现出诗人在当时的社会背景下，孤独苦闷的心情，具有较高的文学价值，为五言诗的发展奠定了基础。阮籍是“正始之音”的代表，与嵇康齐名，擅长五言诗，著有《咏怀》《大人先生传》等，其著作收录在《阮籍集》中。

青白眼

阮籍不经常说话，却常常用眼睛当道具，用“白眼”“青眼”看人。对待讨厌的人用白眼；对待喜欢的人，用青眼。后来出现的成语“青眼相加”就是出自这里，意思是表示对别人的尊敬和喜爱。

据说，他的母亲去世之后，嵇康的哥哥嵇喜来致哀，但因为嵇喜是在朝为官的人，也就是阮籍眼中的礼法之士，于是他也不管守丧期间应有的礼节，就给嵇喜一个大白眼。后来嵇康带着酒、夹着琴来，他便大喜，马上由白眼转为青眼。

唐宋八大家

唐宋八大家，指唐代的韩愈、柳宗元和宋代的欧阳修、苏洵（xún）、苏轼、苏辙（zhé）、王安石、曾巩（gǒng）八位散文家。唐宋时期，以韩愈、柳宗元为代表的文坛巨匠掀起了一场古文运动。古文是散文，不是韵文，在文体上恢复了先秦两汉文章的传统，所以被称为“古文”。韩愈、柳宗元等人提倡“古文”文体，反对六朝以来的骈俪文风，他们的文风质朴自然、流畅易懂，创作成就很高，对中国古代文学，特别是散文的发展起到了重要作用。

韩愈

韩愈是“唐宋八大家”之首，与柳宗元并称“韩柳”。韩愈是古文运动的发起者，苏轼称他“文起八代之衰”。

雄文徙鳄

韩愈在潮州做刺史时，当地鳄（è）鱼成灾。韩愈作了一篇《祭鳄鱼文》，以刺史的身份命令鳄鱼：“限你们三日之内搬走，三日不行五日，五日不行七日。七日后还不走，说明你们是冥顽不灵之徒，我将领着人，带着强弓毒箭，把你们杀光为止。”据说，雄文一出，鳄鱼西迁，从此潮州再也没有鳄鱼之患了。

柳宗元

柳宗元世称“柳河东”“柳柳州”。流传至今的作品有论说、寓言、传记、山水游记、诗歌等六百多篇。

柳宗元的散文成就大于诗。他的山水游记被千古传诵；他的诗朴素淡雅，风格自然，苏轼将他与陶渊明并列。柳宗元存诗140余首，在大家辈出、百花争艳的唐代诗坛上，是存诗较少的一个，但却多有传世之作，《唐诗三百首》中就收录了柳宗元的四首诗。

其中一首《江雪》意境悠然纯美，被誉为“唐诗五绝最佳”之作。“千山鸟飞绝，万径人踪灭”是柳宗元的处境，而“孤舟蓑笠翁，独钓寒江雪”是柳宗元的坚持。

欧阳修

欧阳修号醉翁、六一居士，是北宋政治家、文学家。欧阳修做过的最高官职是参知政事——相当于副宰相，他领导了北宋诗文革新运动，继承并发展了韩愈的古文理论，是开创一代文风的文坛领袖。欧阳修还是一位史学家，曾主持编写《新唐书》，又独自编写了《新五代史》，这两部书都位列二十四史。

“琴论家”

欧阳修一生不仅喜欢弹琴、听琴，而且还很喜欢写琴诗、琴文，以琴声、琴事来品味琴意和琴理，体会品琴的乐趣。“琴声虽可状，琴意谁可听？”表达了作者知音难觅的孤独之情。

“醉翁”

欧阳修喜好酒，他的诗文中大量运用了“酒”这一意象。欧阳修任滁州太守时，每年夏天都会到平山堂中，派人采来荷花，插到盆中，让歌伎互相传荷花，传到谁，谁就摘掉一片花瓣，摘到最后一片时，就饮一杯酒。他还写下了传世佳作《醉翁亭记》，文中描写了滁州山间朝暮变化和四时景色，以及自己和滁人的游乐，更有千古名句“醉翁之意不在酒，在乎山水之间也”。

晚年的欧阳修自称有一万卷藏书、一张琴、一盘棋、一壶酒，陶醉其间，怡然自乐。

寄情于山水

苏洵发愤

苏洵是北宋文学家，与他的儿子苏轼、苏辙都以文章闻名于世，合称“三苏”。苏洵年轻时很懒散，直到二十七岁时，才猛然发觉自己一事无成。他一改往日的作风，开始发愤读书。一年后，苏洵参加了科举考试，却名落孙山。苏洵不服气，回家后闭门谢客，从头学起，一学就是十余年。后来，苏洵带着儿子苏轼、苏辙一同进京赶考，父子三人皆金榜高中，名震京师。

苏洵的散文比较出众，还擅长政论，观点明晰，有理有据，著有《权书》《衡论》《嘉祐集》等著作。

苏轼

苏轼是北宋有名的文学家，字子瞻，号东坡居士，是“唐宋八大家”之一。他的词作艺术成就很高，开豪放一派，继柳永之后对词进行了进一步的改革，提高了词的文学地位，一改之前词的艳丽之风。我们所熟知的《念奴娇·赤壁怀古》、《水调歌头·明月几时有》都是他的作品，还有词集《东坡乐府》。

除此之外，苏轼还是个书画家。他擅长书法，尤其是行书和楷书，对绘画也颇有自己的见解，主张“神似”。代表作有《答谢民师论文帖》《前赤壁赋》《竹石图》等。

苏辙

苏辙字子由，是北宋的散文家，也是“唐宋八大家”之一，他在陈州做官时住在宛丘。著有《栾城集》《古史》《龙川略志》等。

哥哥苏轼的仕途坎坷，多次被流放。相比苏轼，苏辙的政治仕途虽不能说是一帆风顺，但确实比苏轼的运气要好一些。但最后也因反对王安石变法被贬至河南。

曾巩

曾巩字子固，世称“南丰先生”，他的散文长于叙事说理，流畅平易，有《元丰类稿》。北宋散文家、史学家、政治家。

曾巩名句：“则学固岂可以少哉！况欲深造道德者邪？”这句话出自他的《墨池记》，意思是：“那么学习的功夫难道可以少下吗？更何况是想要在道德修养上深造的人呢？”意在告诫人们刻苦学习的重要性，专心致志、勤学苦练才可以进步。

王安石炼字

古人作诗写文章，有时会对一个字反复琢磨，称为“炼字”。王安石有一首诗《泊船瓜洲》：“京口瓜洲一水间，钟山只隔数重山。春风又绿江南岸，明月何时照我还。”其中“春风又绿江南岸”，初写时，写的是“又到江南岸”。王安石把“到”字圈掉，评注说“不好”，接着改成“过”，再改为“入”“满”。就这样一共改了十几个字，最后才定为“绿”字。这个“绿”字成了“诗眼”，使全诗大为增色。

《伤仲永》

《伤仲永》是王安石创作的一篇散文。文章讲述了一位名叫“方仲永”的神童因后天父亲不让他学习，从“自是指物作诗立就，其文理皆有可观者”变成“泯然众人矣”，最后沦落成一个普通人的故事，令人惋惜。文章借方仲永为例，告诫人们不能单纯地依靠天赋而在成长的过程中拒绝学习新知识，必须要注重后天学习和教育，突出了后天教育和学习对成长、成才的重要性。

唐 诗

唐朝是诗的黄金时代，名家名作灿若星辰。唐诗泛指唐朝时期创作的诗歌，形式上，唐诗分为古体诗和近体诗。古体诗句数可多可少，篇幅可长可短，韵脚可以转换；近体诗分为绝句和律诗两种，绝句四句，律诗八句，对字的平仄和韵脚都有较严格的要求。唐诗题材多样，有山水田园题材、边塞题材、闺怨题材等，反映了当时的政治、文化、风俗、民情等，是中华民族最珍贵的文化遗产之一。唐诗把我国古曲诗歌的音韵和谐、文字精练的艺术特色推向了巅峰。

初唐四杰

唐代初年的王勃、杨炯（jiǒng）、卢照邻、骆宾王四位文学家，合称“初唐四杰”，简称“王杨卢骆”。

《滕王阁序》

王勃不仅写诗好，写赋也好，有一年的重阳节，26岁的王勃路过洪州，参加了为重建滕王阁举行的宴会，即席作《滕王阁序》一文，其中的“落霞与孤鹜（wù）齐飞，秋水共长天一色”堪称千古绝句。

滕王阁

饮中八仙

贺知章，字季真，晚年自号四明狂客，有“诗狂”的称号。贺知章生性豪放，爱饮酒。他的代表作《回乡偶书》我们很熟悉：“少小离家老大回，乡音无改鬓毛衰。儿童相见不相识，笑问客从何处来。”诗人久别家乡在外做官，等到自己告老还乡的时候已经是个老人了，孩子们都不认识他，一时无限感慨。

诗佛王维

王维，字摩诘（jié），有“诗佛”之称。王维笃信佛教，参禅悟理，学庄信道，精通诗、书、画、乐等，以诗名盛于开元、天宝年间，尤其善长五言，多咏山水田园诗。苏轼评价其“味摩诘之诗，诗中有画；观摩诘之画，画中有诗”。王维的诗作分为两个时期：前期多写边塞诗，风格不失豪迈，颇有雄心壮志，代表作有《使至塞上》《观猎》等，写出了边塞的风光；后期多写山水诗，这时的王维亦官亦隐，风格与前期不同，代表作有《鹿柴》《山居秋暝》等，描写出王维眼中的自然风景。

田园诗人孟浩然

孟浩然是山水田园派诗人，他的诗与王维齐名，并称为“王孟”。代表作品有《春晓》《宿建德江》《过故人庄》《望洞庭湖赠张丞相》等等，其中不乏千古名句：“野旷天低树，江清月近人。”“绿树村边合，青山郭外斜。”“气蒸云梦泽，波撼岳阳城。”对景色的描写极具艺术效果。有《孟浩然集》。传说有一次，孟浩然见到了唐玄宗。唐玄宗读孟浩然的诗，读到“不才明主弃，多病故人疏”一句时，很不满意，说：“明明是爱卿不肯来，怎么能说是朕弃了爱卿呢？”结果，孟浩然一生也没能做官。

诗仙李白

李白，字太白，伟大的浪漫主义诗人，被誉为“诗仙”，与杜甫合称“李杜”。李白为人豪爽侠义，交友满天下。有一年，泾（jīng）县县令汪伦请李白来家乡做客，说有“十里桃花，万家酒店”相待。李白欣然前往，却没有看到预想中的盛景。汪伦说：“这里有十里潭水，名叫桃花潭，故称‘十里桃花’；还有一个姓万的人开的酒店，故称‘万家酒店’。”李白大笑。临别时，他留下了一篇流传千古的歌唱真挚友谊的佳作《赠汪伦》：“李白乘舟将欲行，忽闻岸上踏歌声。桃花潭水深千尺，不及汪伦送我情。”

诗魔白居易

白居易，字乐天，伟大的现实主义诗人，曾写下“酒狂又引诗魔发”的诗句，因此被称为“诗魔”。白居易作诗，力求浅显明快，哪怕没什么文化的老太太也能懂，故称“老妪（yù）能解”。

身价翻倍的柳树

洛阳永丰坊西南角一处荒院中有一株垂柳，枝繁叶茂远胜其他柳树，白居易因此为这棵树写了一首《杨柳枝词》，诗中写到：“一树春风千万枝，嫩于金色软于丝。”描写了千丝万缕的柳丝随风起舞的样子。

这首诗被两京教坊传唱开来，成为当时人们耳熟能详的诗文。唐玄宗听到这首诗后，下令从这棵柳树上折下两条柳枝在御花园里种植，惹得长安和洛阳的权贵纷纷效仿。荒院主人趁机漫天要价，但仍挡不住人们想要购买柳枝的热情。于是，唐玄宗只能派相关官员把这棵柳树保护起来，禁止任何人攀折。

诗圣杜甫

杜甫，字子美，伟大的现实主义诗人，被誉为“诗圣”，与李白合称“李杜”。杜甫关心百姓疾苦，有很强的同情心，从一个小故事就能看出他的为人。杜甫在四川夔（kuí）州居住时，院子里有一棵枣树，他的邻居——一个贫穷的老妇人常来打枣。杜甫搬走后，院子的新主人姓吴，却修起了篱笆。杜甫知道后，写了题为《又呈吴郎》的诗，劝他不要太计较，应该允许老妇人来打枣。

诗圣名篇

杜甫一生写诗一千五百多首，其中很多是传诵千古的名篇，如“三吏”和“三别”。“三吏”为《石壕吏》《新安吏》《潼（tóng）关吏》；“三别”为《新婚别》《无家别》《垂老别》。杜甫作品被称为：“世上疮痍（chuāngyí），诗中圣哲；民间疾苦，笔底波澜。”

诗豪刘禹锡

刘禹锡，字梦得，其人性情刚毅，其诗豪放勇猛，有“诗豪”之称。刘禹锡因为力主改革被贬官，等他从被贬的地方回到京城，看到玄都观新栽的桃树，想到朝中的新贵，作诗讽刺道：“玄都观里桃千树，尽是刘郎去后栽。”新贵大怒，又把刘禹锡贬官了。十四年后，刘禹锡又回到京城，玄都观的桃树都没了，当年的新贵也没了，刘禹锡作诗道：“种桃道士归何处，前度刘郎今又来。”豪迈之情溢于言表。

乌衣巷

《乌衣巷》是刘禹锡的代表作之一，这首诗通过秦淮河上的朱雀桥和南岸乌衣巷昔日的繁荣景象与现今野草丛生的荒凉破败作对比，感慨时移世易，物是人非。通过对野草、夕阳的描写，以燕子作为盛衰兴亡的见证，蕴含深刻的寓意，引发人们思考，语言虽然浅显，但是意义深远。

宋 词

词是宋代盛行的一种文学体裁，是宋代文学的最高成就。宋词句子有长有短，又称长短句，因为是可以配乐的歌词,所以又称曲子词。宋词按长短大致可分为小令、中调和长调；按派别分，可分为婉约派和豪放派。婉约派词风婉转含蓄，代表人物有柳永、欧阳修、秦观、李清照等；豪放派词风豪迈放纵，代表人物有苏轼、辛弃疾等。宋词是中国古代文学的瑰宝，与唐诗并称“双绝”。

词牌

词牌，就是词的调子名称。宋代时主要是根据曲调来填词，所以词牌名与词的内容并不相关。《菩萨蛮》《浣溪沙》《卜算子》《浪淘沙》等都是词牌名。

“奉旨填词”

柳永是北宋著名词人，婉约派代表人物，传说“凡有井水处，皆能歌柳词”。柳永参加科举没有考中，满腹牢骚，作了一首《鹤冲天》，说“才子词人，自是白衣卿相”“忍把浮名，换了浅斟低唱”。后来柳永又参加科举，皇帝宋仁宗看见他的名字，说：“且去‘浅斟低唱’！”还是没录取他。从此，柳永游戏人生，还自称“奉旨填词”。

白衣卿相

柳永年轻时应试科举，屡屡落第，暮年及第，又转官落魄。由于仕途坎坷，生活潦倒，柳永由追求功名利禄转而厌倦官场，逐渐沉迷于旖旎（yǐnǐ）繁华的都市生活，以毕生精力作词，并在词中以“白衣卿相”自诩（xǔ）。

柳永是矛盾的，他想做一个文人雅士，却永远摆脱不掉对世俗生活和情爱的眷恋和依赖；醉里眠花柳的时候，他又在时时挂念自己的功名。仕途上的不幸，使他的艺术天赋在词的创作上得到充分的发挥。

李清照

李清照是宋代女词人，古代文学史上少有的女文学家之一，婉约词派代表。她的一首《醉花阴》曾和丈夫赵明诚的五十首词混在一起，请友人陆德夫来品评。陆德夫鉴赏再三，说："只有三句好。"赵明诚问是哪三句，陆德夫说："莫道不消魂，帘卷西风，人比黄花瘦。"正是《醉花阴》的末尾三句。

李清照所作之词，前期主要描写悠闲生活，真实地反映了她的闺中生活和思想感情，词多活泼秀丽，例如《如梦令》《醉花阴》等；后期因丈夫去世，家道中落，词多偏向感伤的情调，例如《声声慢·寻寻觅觅》《临江仙·庭院深深深几许》等。

辛弃疾

辛弃疾字幼安，号稼轩，豪放派词人，与苏轼合称"苏辛"。辛弃疾不只是一位著名词人，还是一位抗金勇将。叛徒张安国投降金人，做了济州知府。辛弃疾听说后，立即带领一小队骑兵来到济州，硬是在敌人的眼皮底下把叛徒抓了回来。他的很多词作都表现爱国情怀，例如《破阵子·为陈同甫赋壮词以寄之》《南乡子·登京口北固亭有怀》。除此之外，辛弃疾也写过表现农村生活和田园风光的词，例如《清平乐·村居》《西江月·夜行黄沙道中》等。

清平乐·村居

【南宋】辛弃疾

茅檐低小，溪上青青草。醉里吴音相媚好，白发谁家翁媪（ǎo）？

大儿锄豆溪东，中儿正织鸡笼。最喜小儿亡（通“无”）赖，溪头卧剥莲蓬。

秦观

秦观是北宋婉约派代表词人，字少游，号淮海居士，是“苏门四学士”之一。王国维曾评价说：“少游词境，最为凄婉。”意思是说秦观的词清冷孤寂，让人读起来感觉十分凄凉。例如《踏莎行·郴州旅舍》中“可堪孤馆闭春寒，杜鹃声里斜阳暮”一句，写尽了词人内心的悲凉，字里行间满满的孤苦。

元　曲

元曲是盛行于元代的一种艺术形式，包括杂剧和散曲，杂剧是戏曲，散曲是配合曲调撰写的歌词。元杂剧的成就超过散曲，所以元曲有时专指元杂剧。元曲有严格的格律和形式，主要体现在宫调、曲牌、曲韵、平仄（zè）、对仗、衬字等六个方面。元杂剧在内容上反映了当时的社会现实，一大批优秀的作家创作了大量的广为流传的戏曲故事，成为当时广大人民最喜欢的文艺形式之一。元杂剧作者中，关汉卿、白朴（pǔ）、郑光祖、马致远四人被称为“元曲四大家”。

杂剧

杂剧是一种把歌曲、宾白、舞蹈结合起来的中国传统艺术形式。杂剧的体裁是一本四折的形式，结构相当严谨。

《窦娥冤》

穷书生窦天章欠了放高利贷的蔡婆婆四十两白银，便用八岁的女儿窦娥抵债，做了蔡家的童养媳。十几年后，窦娥成年，不幸丈夫早死，无赖张驴儿想娶窦娥，窦娥不从。张驴儿弄来砒霜，下到羊肚儿汤里，想毒死蔡婆婆。不料他父亲嘴馋好吃，误饮毒汤而死。张驴儿诬陷窦娥下毒，昏官桃杌（wù）断成冤案，将窦娥处斩。窦娥临刑前发下三桩誓愿：血染白绫、六月飞雪、大旱三年，死后一一实现。后来窦天章科场得中，回故乡做官，终于为窦娥昭雪。

《汉宫秋》

汉元帝派画师毛延寿到民间选美，王昭君非常美貌，但不肯贿赂（huìlù）毛延寿。毛延寿在王昭君的画像上做了手脚，使她入选后独处冷宫。一天夜里，汉元帝听到琵琶声，发现了王昭君，将她封为明妃，并要处死毛延寿。毛延寿逃到匈奴，献上美人图，怂恿呼韩邪（yé）单（chán）于向汉元帝索要王昭君。为免刀兵之灾，王昭君自愿前往和亲，汉元帝忍痛送行。

散曲

散曲是一种起源于民间的音乐文学，是配合当时流行音乐曲调的歌词。散曲分为散套和小令两种，其中散套是由同一宫调的若干支曲子组成的套曲，而小令是散曲中不成套的曲。散曲有一定的格律定式，但不死板。

天净沙·秋思

【元】马致远

枯藤老树昏鸦，

小桥流水人家，

古道西风瘦马。

夕阳西下，

断肠人在天涯。

明清小说

小说是在话本的基础上产生的。话本是宋代以来说唱艺人用来讲故事的底本，话本多用通俗文字写成，以历史故事和当时的社会生活为题材，有讲史的、讲公案的、讲灵怪的，等等，在后来的流传过程中不断加入新的创作。元末明初，在话本的基础上产生了长篇章回体小说。明清时期是中国小说的繁荣时期，从明代开始，小说这种文学形式充分显示出社会作用和文学价值，打破了正统诗文的垄断局面，在文学史上取得与唐诗、宋词、元曲并列的地位。

明清小说作品众多，其中《水浒传》《三国演义》《西游记》《红楼梦》四部长篇小说被当代人惯称为“四大名著”。长篇小说名作还有《封神演义》《儒林外史》等。短篇小说佳作有“三言”、“二拍”、《聊斋志异》等。

品
茗
楼
茶馆听书

《水浒传》

作者施耐庵，字子安，元末明初人。《水浒传》描写了北宋末年以宋江为首的108位好汉在梁山起义，以及聚义之后接受招安、四处征战的故事。

鲁智深倒拔垂杨柳

鲁智深为了替金氏父女出气，三拳打死了郑屠后，弃职逃往外地。他先来到五台山文殊院出家，因不守佛规，喝酒闹事，方丈又把他介绍到大相国寺看菜园子。

菜园子附近住着二三十个泼皮，他们常来菜园子偷菜，换了几个看园子的人都管不了他们。这些泼皮听说菜园子又换了新人，便来闹事，没想到鲁智深把两个领头的踢到粪坑里，吓得他们跪地求饶。

第二天，泼皮们买了些酒菜向鲁智深赔礼。大家正吃得高兴，听到门外杨柳树上的乌鸦叫个不停，泼皮们说这叫声不吉利，吵得人心烦。鲁智深乘着酒兴，先用手推了推，便脱下外套，右手向下，将腰一挺，竟然将碗口大的杨柳连根拔起。众泼皮惊得目瞪口呆，忙跪在地上拜鲁智深为师。

武松打虎

武松回家探望哥哥，途中路过景阳冈。他在冈下酒馆喝了很多酒，不听众人的劝阻执意上山。眼看太阳快落山了，武松走到一座破庙前，见大门上贴了一张官府告示，武松看后，方知山上真有虎，返回去怕店家笑话，所以，他又继续向前走。

由于酒力发作，便找了一块大青石，仰身躺下，刚要入睡，忽听一阵狂风呼啸，一只斑斓猛虎朝武松扑了过来，武松急忙一闪身，躲在老虎背后。老虎一纵身，武松又躲了过去。老虎急了，大吼一声，用尾巴向武松打来，武松又急忙跳开，并趁猛虎转身的那一刹那，举起哨棒，运足力气，朝虎头猛打下去。只听“咔嚓”一声，哨棒打在树枝上。老虎兽性大发，又向武松扑过来，武松扔掉半截棒，顺势骑在虎背上，左手揪住老虎头上的皮，右手猛击虎头，没多久就把老虎打得眼、嘴、鼻、耳到处流血，趴在地上一动不动。武松怕老虎装死，举起半截哨棒又打了一阵，见那老虎确实没气了才住手。从此武松威名大震。

《三国演义》

作者罗贯中，名本，字贯中，元末明初人。《三国演义》再现了东汉末年、三国鼎立到西晋初年的历史风云，故事内容以描写战争为主，塑造了一大批叱咤（chìzhà）风云的英雄人物。

三顾茅庐

刘备领着关羽、张飞前去拜访隐居卧龙岗的奇才诸葛亮。不巧，书童告知诸葛亮出游去了。过了几天，刘备又冒着大雪来到诸葛亮家，却听说诸葛亮刚刚被朋友邀走。第三次，刘备终于见到了诸葛亮。诸葛亮被刘备的诚意所感动，便出山辅佐他，鞠躬（jūgōng）尽瘁（cuì），死而后已。

《红楼梦》

作者曹雪芹，名霑（zhān），字梦阮（ruǎn），号雪芹，清朝人。《红楼梦》以贾、王、史、薛四大家族的兴衰为背景，以贾宝玉、林黛玉、薛宝钗的爱情婚姻故事为主线，展示了一段家庭悲剧、个人悲剧，是中国古典小说的最高峰。

黛玉葬花

芒种时节，大观园中众姐妹祭花神，黛玉想起之前那天晚上去看宝玉时，晴雯没开门，一时感怀身世，误会宝玉闭门不见，顿时勾起伤春之愁思。黛玉最怜惜花，觉得花落以后埋在土里最干净。于是黛玉一边在园中埋葬花的落瓣；一边作诗抒发感慨“侬今葬花人笑痴，他年葬侬知是谁”，用花来比喻自己。

《西游记》

作者吴承恩，字汝忠，号射阳山人，明朝人。《西游记》主要描写孙悟空、猪八戒、沙和尚保护着师父唐僧，历经八十一难去西天取经的故事。书中充满奇思异想，描绘了一个妙趣横生的神奇世界。

三打白骨精

《西游记》中“三打白骨精”的故事可谓家喻户晓。

故事情节是这样的：唐僧师徒四人为取真经，行至白骨岭。在白骨岭白骨洞内，住着一个凶残、狡猾，善于伪装的白骨精。白骨精为了吃唐僧肉，先后变幻为村姑、老妪和老翁，全被孙悟空识破。唐僧不辨人妖，反而责怪孙悟空恣意行凶，连伤母女两命，违反戒律。白骨精心有不甘，又变成老丈出现在唐僧面前，被孙悟空再次识破打死。唐僧盛怒之下写下贬书，将孙悟空赶回了花果山。

真假美猴王

《西游记》中有一段真假美猴王的情节特别精彩，假美猴王是六耳猕猴变的，他趁唐僧将悟空赶走之际，变作悟空的模样将唐僧打伤，抢走了行李和公文，然后回到花果山当起了山大王。真悟空得知后，和他大战起来。六耳猕猴神通广大，悟空仅能和他打成平手。没办法，悟空先后找了观音菩萨、玉帝、阎王辨真伪，最后还是如来佛祖厉害，让六耳猕猴现出原形，悟空这才又回到师父身边继续取经。

车迟国斗法

唐僧在车迟国时曾和虎力大仙比试祈雨，多亏了悟空帮忙，唐僧才能祈雨即来。虎力大仙气不过，决定比试高台坐禅，结果败了。鹿力大仙又和唐僧比隔板猜枚，结果又败了。最后，虎力大仙和悟空比砍头，鹿力大仙比破腹剜心，羊力大仙比赤身下油锅，但都被悟空击破。车迟国斗法最后以三位妖仙的失败告终。

智取红孩儿

唐僧师徒一路西行，在一处山林里被红孩儿捉走了。悟空上门要师父，被红孩儿的三昧真火逼退。悟空只好去找观音菩萨帮忙，观音菩萨用三十六把天罡（gāng）刀变作莲台，制服了红孩儿，红孩儿不服，观音菩萨又用金箍儿将他束缚，收为善财童子。

三借芭蕉扇

唐僧师徒西天取经，火焰山是必经之路。火焰山的火不是一般的火，唯有芭蕉扇可以扇灭。芭蕉扇是铁扇公主的宝物。

孙悟空第一次向铁扇公主借扇，铁扇公主一扇子扇飞了孙悟空。孙悟空二借芭蕉扇时变成小虫钻进铁扇公主的肚子里折腾，铁扇公主就给了他一把假扇。

第三次，孙悟空变成了牛魔王的模样骗走了真扇，牛魔王又变成猪八戒的样子骗回了真扇。

最终，孙悟空在众神的帮助下从铁扇公主那里借出芭蕉扇，扇灭火焰山的火，唐僧师徒继续向西而行。

西天取经

《封神演义》

作者为明代许仲琳，号钟山逸叟（sǒu）。一说作者为道士陆西星。《封神演义》以姜太公辅佐周文王、周武王讨伐商纣王的历史为背景，描写了一场从凡间到仙界的大战，塑造了姜子牙、哪吒（Nézhā）、杨戬（jiǎn）等生动鲜明的人物形象。

《儒林外史》

作者吴敬梓，清朝人。《儒林外史》描绘了众多读书人的形象，讽刺了吏治的腐败、科举的弊端、礼教的虚伪，也赞美了少数人物坚持自我的人格，是中国古代讽刺小说的高峰。

三言

短篇小说集《喻世明言》《警世通言》《醒世恒言》合称“三言”，由明代冯梦龙编辑修订。其题材有的来自民间事实，有的来自历史传记和唐宋故事，从不同程度反映了当时的社会面貌和人们的思想感情。

二拍

“二拍”是明代凌濛初的拟话本小说集《初刻拍案惊奇》和《二刻拍案惊奇》的合称。其中的很多作品取材于新鲜有趣的轶（yì）事，内容大多反映了市民生活中追求财富和享乐的社会风气，也反映了人们追求平等的自由主义思想。

《聊斋志异》

作者蒲（pú）松龄，字留仙，一字剑臣，号柳泉居士，世称聊斋（liáozhāi）先生，清朝人。《聊斋志异》是一部文言短篇小说集，收录了许多鬼怪妖狐的故事，形象鲜明生动，故事曲折离奇，堪称文言短篇小说的巅峰之作。